낙동강이고
세월이고 나입니다

시와반시 기획시인선 005

윤일현 시집

낙동강이고
세월이고 나입니다

시와반시

| 차 례 |

강에 잠긴 사람들

사람에 잠긴 풍경들

｜ 강에 잠긴 사람들 ｜

초혼

세월도
멈추게 하지 못한 눈물로
저 강을 범람시키고
스스로 강이 된 누님

갈대들 고요히
명상에 잠길 수 없어
어느 보름밤
하얀 머리 풀어헤치며
온몸 흔들어 언 강 녹이면
물비늘로 반짝이는
누님의 슬픈 사랑이야기

갈대밭
달빛에 활활 불타오르면
외기러기 한 마리
그 불빛 타고 먼 하늘로 날아간다

칠성시장에서

설 대목이 다가와도
성주댁은 기쁠 일 하나 없다
다짜고짜 값만 깎으려 대드는
윤기 쫠쫠 흐르는 얼굴에 쪽 빼 입은 여자들
값 물어보곤 쥐었던 갈치 다시 내려놓는
초라한 행색의 힘없는 여자들
이 모든 사람들이 피곤하기만 하다

음지가 양지될 날 있다는 말은 옛말
햇볕 먼저 받는 고층 백화점은 터져 나가지만
계집 없이는 살아도
장화 없인 살 수 없다던 이 곳 칠성시장은
예나 지금이나 질척거리긴 마찬가지
낮은 곳은 언제나 낮고
음지는 영원히 음지일 따름이다

입춘이 다가와도 냉기 걷힐 줄 모르는 난전에

기적처럼 버텨온 인종의 하루가 저물 무렵
고기 반티 위에서 지루함을 달래며
할머니의 주름살을 하나하나 세고 있던 갈치들
하도 답답하여 일제히 벌떡 일어나
은빛 찬란한 등에 백발의 성주댁을 태우고
저 멀리 봄이 오는 남녘 바다로
다시 돌아갈 채비를 하고 있다.

별

찔레꽃 향기 밟으며 산길 돌고 돌아 집으로 돌아
왔다. 요양원 들어간 지 2년 반. 아버지는 나를 보
자 혀를 끌끌 찼다. 인자 각혈 안 하나? 그 말라빠
진 사지로 뭘 해 묵고 살겠노? 힘 덜 드는 문종이
나 짐* 쟁이 해라. 유난히 별을 좋아하던 엄마는 말
없이 모깃불을 피우며 먼 하늘만 하염없이 쳐다보
았다. 까닭 없이 죄송하여 옷가방 섬돌 위에 올려
놓고 무작정 강변으로 달려 나갔다. 어둠 속 홀로
서 있는 미루나무처럼 외로워 스스로 깊어가는 강
물에 마구 돌팔매질을 했다. 흔들리는 강물 위로
별이 쏟아졌다. 가슴 가득 별들을 주워 담았다. 세
월의 강 굽이굽이 앞길 캄캄할 때마다 그 별들 하
나씩 초롱불이 되었다.

문득 그리워 다시 찾은 강변
아직 남은 미루나무 사이로

* '짐' 은 '김' 의 사투리

12

별들 여전히 초롱초롱했다

그 속에 엄마가 있었다

40년 전 초여름 밤 그 모습 그대로

나비

나비의 삶은 곡선이다

장독대 옆에 앉아 있던 참새가
길 건너 전깃줄까지
직선으로 몇 번 왕복할 동안
나비는 갈지자 날갯짓으로
샐비어와 분꽃 사이를 맴돈다

아버지는 바람같이 대처를 돌아다녔고
엄마는 뒷산 손바닥만 한 콩밭과
앞들 한 마지기 논 사이를
나비처럼 오가며 살았다

나비의 궤적을 곧게 펴
새가 오간 길 위에 펼쳐본다
놀라워라 그 여린 날개로
새보다 더 먼 거리를 날았구나

엄마가 오갔던 그 길
굴곡의 멀고 긴 아픔이었구나

개망초

서른둘에 홀로 되어
아들 하나 키우며 잡초처럼 살다가
며느리 들어오자 살림 물려주고
툇마루에 앉아 종일 흰 구름만 바라보며
어디든 훨훨 날아다니고 싶다던
영천댁 꽃상여 나가던 날
유월 뭉게구름 하늘에서 내려와
길가 가득 개망초로 흩어졌다
하얀 두건 쓴 개망초들
바람에 온 몸 흔들며 곡하다가
상여를 메고 뒷산으로 올라갔고
할머니는 구름이 되어 영영 먼 길 떠났다

밍밭골 육촌 누님

지묘동 지나 밍밭골
아흔여섯의 육촌 누님
개 세 마리 키우며 홀로 사셨다
동경제국 대학 나온 큰 아들
좌익으로 총살당하고
와세다 대학 나온 둘째 아들
6.25 때 국군으로 전사했다
하나 남은 막내딸
파군재 넘어오다
강도에게 칼 맞아 죽었다

둘째 아들 전사자 연금 타서
첫째 아들 제사 지내는 날
누님은 한 해도 빠짐없이
삼 남매를 꿈속에서 만난다고 했다
어느 겨울 첫째 아들 제삿날
누님을 도우러 가서

지방紙榜에 두 아들 이름 나란히 적고
술잔 두 개 가지런히 놓다가
칼 맞아 죽은 딸을 위한 잔도 하나 더 보태
세 잔에 넘치도록 술을 따르고
거동이 힘든 누님을 벽에 기대게 하고는
강신降神에서 제문 낭독
초헌 아헌 종헌 모두 나 혼자 진행했다

방문을 열어놓고
누님과 단 둘이 음복을 하는데
마당의 개 세 마리
갑자기 방안으로 훌쩍 뛰어들더니
누님의 밥그릇에 주둥이를 박고
평소대로 누님과 같이 밥을 먹었다
누님의 가슴속엔
빨치산과 국군이 함께 살고
누님의 밥상과 밥그릇은

개와 사람을 구별하지 않았다

자시子時지나 축시丑時로 들어서자
소복 차림의 하이얀 달이
감나무 앙상한 나뭇가지 사이로
미친 듯이 일렁이며 마구 달렸다
너무도 안쓰러운 마음에
누님을 와락 끌어안으니
누님의 어깨너머로
한 무리 별들이 반짝반짝 빛나고 있었다
거기 삼 남매가 있었다
아직도 눈물을 흘리며 떨고 있었다

곰보 누나

누나의 말기 유방암 수술 소식에 밤새 울었다.
8.15 해방 3년 전 온 마을에 천연두가 휩쓸 때
할머니는 손녀에게 큰손 찾아올까 봐
젖먹이를 들쳐 업고 마실도 나가지 않았지만
사촌이 그 불청객으로 죽자
삼촌이 관 짤 나무 가지러 우리 집에 다녀간 뒤
누나에게로 옮겨 온 손님은 얼굴 가득 딱지를 앉
게 했고
긁지 못하도록 손까지 묶었지만 소용이 없었다

곰보가 된 동네 아이들 중에
가장 심하게 얽었다는 우리 누나
시집가서도 서방에게 대접 못 받고
한 평생 천대 속에 서럽게 살았다
어릴 때 박복한 여자는 죽을 때까지 고생만 한
다고
입버릇처럼 말하던 어머니의 말 떠 올리면

누나를 한평생 학대한 매형이 더욱 밉고 보기
싫어
  수술하고 한 달이 지나도록 병문안을 가지 않
았다

  얼굴을 덮고 있는 무수한 웅덩이마다
  온갖 설움들 피고름처럼 까맣게 고여 있지만
  바보같이 선하게 웃을 때면
  아침 이슬보다 맑은 눈물 철철 넘쳐흐르는
  정 많고 인정 많은 우리 곰보 누나

되새김질

강물은 선두에 서 있는 자만 앞으로 밀어주고
세월은 뒤처지는 자는 강물에 묻고 가는가.

너의 별명은 되새김질. 언제나 배가 고팠던 너에
게 건빵을 몇 개 먹여놓고 다시 그것을 올려내어
되씹게 했던 우리들. 그렇게 해서라도 허기를 채우
려던 너를 보며 우리의 무료함도 함께 되새김질하
곤 했지. 네가 6학년을 다 마치지 못하고 결국 남
의 집 꼴머슴으로 들어가 소의 되새김질이나 지켜
보며 가난을 되씹고 사는 동안 우리는 도시로 나가
부모의 등뼈와 손가락을 한 마디씩 잘라먹으며 친
구와 동료와 고기와 여자를 날것으로 씹고 삼키는
법을 배웠다. 되새김질하지 않는 세월이 역류하지
않는 강물과 손잡고 떠나는 자만 데리고 별천지로
가는 동안, 너는 언제나 한 자리에 머물며 스스로
를 박제하다가 마흔에 겨우 얻은 연변 여자마저 석
달 만에 도망치자 마른 갈대만 질겅질겅 씹고 다니

다가 농약을 마시고 들짐승처럼 밭고랑에 꼬부라졌다. 눈물, 허기와 되새김질의 고통에서 시작된 눈물, 자갈밭 같이 퍼석한 네 얼굴 위로 작은 샛강을 만들며 흐르던 그 눈물이, 저 본류를 마르지 않게 했고, 저 미루나무가 아직 푸른 피를 간직하게 했고, 저 물안개를 지상에 머물게 했다.

　뼛가루처럼 새하얀 첫눈이 내리던 날
　샛강 하나 지상에서 영원히 사라지고
　무거운 몸을 뒤척이며 말이 없던 강물이
　지난날을 되새김질하며 소리 내어 울었다.

거짓말 연습

해마다 겨울이 오면
나루터 근처 주막집으로
노름하는 아버지를 부르러 가는 것이
나의 변함없는 연례행사였다.

'아부지예 엄마가 집에 오시라 캅디더' 하면
그날 저녁은 온 집에 난리가 났다.

희미한 불빛이 새어 나오는 창호지 너머
주모의 바쁜 몸 움직임을 한참 지켜보다가
몇 번이고 목을 가다듬고 축인 뒤
큰아버지는 안 오셨지만
'아부지예, 할무이가 큰아부지 오셨다고
아부지 집에 오시라 카던데예.'
아버지는 헛기침을 몇 번 하시며
'그래 알았으니 곧 간다 캐라'

욕창

여름이 다가오자 아버지의 욕창은
만개한 꽃처럼 절정에 달했다
날이 더워질수록 흘러내리는 진물에선
술과 마늘 썩는 냄새가 났고
개장국 비린내와 풍년초 댓진 냄새가 났다.
밀폐된 아파트 그 창틈을
용케 비집고 들어온 떠돌이 바람이
흐물거리는 상처를 핥아주면
바람처럼 살아온 아버지의 어두운 분신들이
구멍 난 피부를 통해
바람과 은밀하게 속삭이는 소리가 들렸고
아버지의 목에서 가래가 끓을 때마다
헐벗은 내 유년의 허기진 숨소리
화투 소리, 고향장터 작부의 육자배기
저물녘 우물가에 쪼그리고 앉아
서럽게 흐느끼던 어머니의 까닭모를 울음
잊고 싶은 그 모든 소리들이 귓가에 쟁쟁거려

아버지의 85년 생애가 미웠고
욕창과 가래 끓는 소리가 진저리나도록 싫었다

백일 탈상 날
아버지 무덤엔 어느새 날아와 뿌리내린
들꽃 한 송이 천상의 향기를 내뿜었고
아이들은 내 몸에서 풍기는
술과 담배 냄새가 싫다고 했다

월광욕에 관한 추억
　　- 고 박원식 형을 추모하며

어느 늦은 가을 달밤
직지사 산행 중
월광욕을 한다고 우기며
팬티까지 훌훌 벗어던지고
알몸으로 밤길을 걷던 그대
지금 차디찬 달빛이 되어
다시 그 산길 걷고 있는가

K기자

그대가 만든 고정란에
'잔인한 4월'이란 내 칼럼을 싣던 날
11년 몸담은 신문사에서
피지도 못하고 말라버린 꽃망울처럼
그대는 그렇게 떨어져 나왔다

그대와 그대 동료가 수십 명 잘리던 날
그대를 잘라낸 신문사는
그대 해고 소식 한마디 없이
아무 일 없다는 듯 윤전기를 돌렸고
그대가 가장 좋아하던 그대의 어느 동료는
살아남았음을 축하해 달라며
환희에 찬 목소리로 길고도 지루하게 전화질을
해댔다

우리가 자주 가던 술집에서
이 세상 가장 초라하고 불쌍한 존재가

아무 대책 없이 목 잘린 기자라며
모든 게 허망하고 억울하다며
술잔을 던지며 통곡할 때
나는 그 전날 역사 드라마에 나오던
人生如朝露란 말밖에 할 수 없었다

효목 우방 아파트
가장 작은 평수의 동 앞에
비틀거리는 그대를 내려놓고
곧 숨이 넘어갈 듯 깜박이는 방범등 밑에서
서로 몸을 부둥켜안고 작별할 때
나는 그대의 눈빛을 보고 알았다
이것이 지상에서의 마지막 악수라는 것을
다시는 그대가 나를 찾지 않으리라는 것을

눈물고개*

인간 세상의 경계를 지나
눈물고개를 넘던 그해 이월 초
잔설을 털고 있던 소나무와
시리도록 파란 하늘을 노래하던 산새들은
내 몸에 묻어 있던 세속의 먼지를 털어주며
병든 조개만이 진주를 품는다고 일러주었다

생각하면 생각할수록
가슴 저리고 아득한 세월
새벽 기차 소리에 잠 깨어 식은땀 닦으며
불빛 희미한 병실 복도에 나서면
그리운 이의 다정한 목소리처럼 다가오는 솔바람
이 방 저 방에서 울려 나오는 기침 소리
미리암 누님의 아침밥 짓는 소리
한쪽 폐가 없던 같은 병실의 장호
종일 벽만 보고 말이 없던 황씨 아저씨
두고 온 어린 자식 걱정에

자나 깨나 눈물짓던 김씨 아줌마
내 폐처럼 낡은 기타 소리에 맞추어
가쁜 숨길로 노래 따라 부르던
눈동자 유난히 맑고 깨끗하던 귀숙이
모두 다 지금 무얼 하고 있을까 그리운 얼굴들

40년도 더 지난 오늘 눈물고개에 서서
오욕의 삶을 참회하는 눈물을 흘리며
솔바람에 가슴 씻고 다시 다짐해본다
내 폐가 마지막 숨을 내쉬는 그날까지
가슴 깊숙한 곳에서 울려 나오는
뿌리 깊은 기침같이 아프고 절절한 언어와
각혈처럼 맑고 붉은 열정으로
삶을 노래하고 신을 찬양해야지
낙엽 눈송이처럼 흩날리는 늦가을
눈물고개에 서서 다시 눈감고 생각해 보면
인간 세상 저 밖에 서 있던 그때가

나는 가장 진실한 인간이었고

신이 가장 낮게 내려와 내 곁에 있었다

* 눈물고개 : 경북 칠곡군 지천면 연화동에 있었던 '베네딕트
결핵요양원' 입구에는 작은 고갯길이 있었다. 환자들은 입원
할 때 울고 퇴원할 때 뒤돌아보며 운다고 그 언덕을 '눈물고
개' 라고 불렀다.

나는

　나는 천국에 가지 않으리. 아름다운 꽃들 만발한 동산에 새들 노래하고 어떤 고통도 죽음도 없는 영원한 낙원이라 해도 거기 가지 않으리라. 천국에는 아시시의 성 프란치스코 홀로 있을 것이고 나도 없고 너도 없고 우리가 아는 사람은 아무도 없으리라. 내 자력으로 천국에 갈 수도 없겠지만 설혹 보내준다 해도 거부하리라. 내가 죽어 만약에, 정말로 만약에, 다시 태어날 수 있다면, 항상, 늘, 언제나, 자나 깨나, 세상에서 가장 그윽하고 애정 어린 눈빛으로 이름 불러주고 안아주고 쓰다듬어주고 싫은 기색 한 번 없이 제때 먹여주고 똥오줌 갈아주고 정확하게 날짜 지켜 씻겨주고 말려주고 윤기 나게 해 주고 주기적으로 특별식에 간식까지 챙겨주고 답답하다 시늉만 하면 바람 쐬어 주고 운동시켜주고 걷기 싫어 머뭇거리면 안아주고 업어주고 맨발로 돌아다니다가 들어와 온 방 다 더럽혀도 한마디 꾸중 않고 발 닦아주며 쪽쪽 빨아 주고 쉴 새

없이 사진 찍어 거품 물고 자랑해 주고 내가 아프다고 할 땐 나이 들면 다 그렇다며 참아보라고 눈총 주지만 그가 아프면 아니 안 좋은 기색만 보여도 지체 없이 병원에 데려가 의료보험 안 돼도 최고급 치료해주고 그러다가 어느 날 죽으면, 정말로, 진심으로, 가슴으로 슬퍼해 주고, 어미와 애비가 죽으면 눈물 한 방울 안 흘리고 묻는 당일 탈상할 것 빤하지만 그를 위해서는 초하루 보름 삭망전에 삼년상, 아니 평생 제사 지내줄 것이 분명한, 확실한, 내 딸 소영이의 가장 소중한 생의 반려자, 완벽한 행복을 향유하며 천수를 누리다가 무한한 축복과 형언할 수 없는 애도 속에서 죽을, 아니 서거할, 내 딸 소영이의 애완견, 럭키, Lucky로 다시 태어나고 싶다.

책 정리를 하다가

누렇게 뜬 시집에서 나온
빛바랜 흑백 명함판 사진을 보다가
갑자기 어지러워 서가에 몸을 기댄다.

질풍노도의 시대를
좌충우돌하며 돌아다녔건만
세월은 모든 것을 탈색하여
내 젊은 날들 결국은
5x7cm의 작은 평면 속
흑과 백, 명과 암으로 정리되는구나.

세상의 모든 색채 흑백 속에 가둘 수 있지만
그 색채들 또한 흑백에서 갈라져 나옴을,
밝음 끝에는 어둠이 찾아오고
어둠 다하면 새 빛이 돋아남을,
명과 백, 암과 흑만으로는
혁명도 사랑도 형상을 가질 수 없고

흑과 백, 명과 암은 서로 기대고 있음을,
그때는 알려고 하지 않았다.

흑백의 풍경 밖으로 나와 보니
지나온 길 아직 먼지 자욱하고
가야 할 길 안갯속에 아득하다.
강산이 몇 번 바뀌었건만
이루지 못한 꿈과 사랑
여전히 그대로 부여잡고 있는
앙상한 내 모습이 너무 안쓰러워
새벽별 하나 가슴에 안겨주고
가장 따뜻한 시로 나를 덮어준 후
그 시집 다시 서가에 고이 꽂아주며
불쑥 찾아온 현기증을 다스린다.

| 사람에 잠긴 풍경들 |

갈대

함부로 꺾지 마라

겨울 강가에서
온몸 떨고 있는
저 마른 갈대들

갈대 흔들려야
강물 출렁거리고
강이 소리 내어 울어야
산과 들 비로소 귀를 연다

저녁 풍경

노을이
태우지 못하고
남긴 구름
바람이
비질하여
별의 길 열고 있네

성주대교 위에서

−길

바람과 구름
풀잎이 끄는 대로
걷고 또 걸으면
내 마음속
모든 갈림길
한 곳에서 만나네

−망望

많은 것
기대하지 않아요
혼자 있어도
바라볼 곳만 있다면
외롭지 않답니다

─마磨

너를 향한 그리움조차
바람에 날려 보내고
오로지 알몸 하나로
저 모래 곁에 누우면
물의 속살에 닿을 수 있을까

─연戀

더 이상
길 찾아
떠날 필요 없고
떠나지도 않으리

모든 길
여기서 시작되고

여기서 끝나리라

당신

요양병원에서

늦은 귀가 시간
홀로 찾아간 강변 요양 병원
아흔셋의 어머니가
물끄러미 나를 바라본다
이미 이승과 단절된 눈빛이
강물과 노니는 달빛처럼 평안하다
그 무념무상이 차라리 부럽다

겨울 강변

길을 가다 어지러우면
가로수에 기댄 채
왔던 길 다시 돌아본다
세상은 늘 울렁거리며 흔들리고
내 숨소리는 항상 가쁘고 거칠다

맹목의 터널로 질주하는 차량들을 보면
이제 내 눈길도 그 속도를 따라가지 못하고
내 삶 또한 무모와 무리의 연속이었음을……
머리와 가슴이 항상 어긋나
몸과 마음이 따로 움직인 비루한 세월

겨울 강변에 서면
탁한 몸 가누기 힘들어도
지는 햇살 받아 아직 눈부시게 빛나는
저 낙조의 강물에 잠겨 사라진 풍경들
강 언덕 복사꽃 환한 얼굴이 그립다

도시에 내리는 눈

단란하고 행복한 일가족이 고층 아파트 알루미늄 새시창 밖으로 아무 감흥 없이 스쳐 지나가는 눈을 바라보고 있다 얼음처럼 단단한 어미를 닮아 어린이 적금통장에 돈 부어넣어 그 돈 굴리는 법은 알고 있어도 언 손 녹여가며 솜털 같은 눈을 굴려 눈사람 만들 줄은 모르는 아이들 눈 그치면 만화영화 보러 가자 조르고 팬티바람으로 커피를 마시며 훈훈한 열기에 취해 늘어져 있는 애비는 샛강 건너다 넘어져 눈 속에 파묻혀 얼어 죽은 창호지 장사 그 할애비의 기막힌 죽음에 대해 고향집 떠나오던 그 해 해빙기 무렵 온 몸 녹아내리는 이별의 아픔을 참고 홀로 남아 집 지켜주겠다던 그 눈사람에 대해 이제 정말 더 이상 생각하고 싶지 않다 제 모습이 어떤 지도 모르는 눈먼 눈은 아무도 반겨주지 않는 이 비정한 대지에 아라비아 숫자와 같이 뒤틀린 모양을 하고 다만 아라비아 숫자로 적설 되고 있다

우리들의 겨울나기

아침 햇살이 잠시 머물렀다 가는 동편 교사校舍의 콜타르를 칠한 판자벽. 우리는 촘촘히 끼어 서서 아침 햇살을 주워 담으며 잡담을 했다. 몇몇 녀석은 서로 밀어내기를 하며 몸을 덥혔고, 한 두 녀석은 고디탕 진국 같은 시퍼런 코를 쭉 빨아들였다가 다시 흘러내리면 이미 빤질빤질해진 소매로 닦아내곤 했다. 손이나 막대기로 피가 나도록 긁고 멍이 들도록 판자에 몸을 문질러 보아도 미칠 것 같은 가려움이 그치지 않으면 한 녀석이 먼저 러닝셔츠를 뒤집어 솔기 사이로 기어 다니는 이를 잡기 시작했다. 톡톡 몸통이 터지는 소리를 들으며 손톱으로 이를 눌러 죽일 때면 적을 향해 총을 난사하는 전쟁 영화의 주인공처럼 의기양양했다. 한 순간 우리 모두는 용감한 전사가 되어 일제히 이를 잡기 시작했다. 붉은 피, 겨울 강을 건너 온 안갯속 아침해 같이 검붉은 피가 영양실조로 줄이 죽죽 난 손톱 사이로 실개천을 이루며 스며들었고 추위와 허기도 두 엄지손톱 사이에서 함께 터져 죽었다. 한 녀석이 다른 녀석의 뺨에다 손톱에 묻은 피를 문지르고 달아나면 당한 녀석은 고래고래 고함을 지르고 바락바락 악을 쓰며 그 녀석을 쫓아갔다. 한 바퀴 두 바퀴 운동장을 돌며 쫓고 쫓기다 보면 가난도 남루도 허기진 땅 뒤로 뒤로 물러났다. 둘 다 지칠 때쯤이면 어김없이 시작종이 울렸다. 녀석들은 씩씩거리며 휴전을 했고 자리에 앉으면 숨이 차고 온몸이 노곤했다. 조개탄 난로는 있으나마나 교실은 언제나 냉기 가득했지만 마른 삭정이 같이 앙상한 몸들은 한바탕 뜀박질을 한 뒤라 기적처럼 스스로 따뜻해졌다.

잡초 앞에서

같은 부류끼리 모여 있다고
서로 아끼며 사랑한다고 착각하지 마라
한 모금 물을 위해 동료의 발목을 잡고
처절하게 싸우고 있는 뿌리들을 보아라

잡초면서 잡초 아니라고 우기는 자들을 멀리하라
보이지 않는 얼룩과 폐부 깊숙한 곳의 악취가
언젠가는 네 자리를 오염시킬 것이다

잡초 아니면서 잡초인 체하는 자들도 경계하라
순진한 것들의 줄기와 잎에 올라타고
교묘히 제 이익만 취할 것이다

모양과 빛깔이 좀 다르다고
함부로 몰아붙이며 괴롭히지 마라
뽑혀 던져지는 순간까지의 초조함,
그 불안감이 너를 쏙 빼닮지 않았는가

세상 모든 풀과 꽃은 잡초면서 잡초 아니다

누가 노을에 젖어 강바람의 속삭임에 귀 기울이고,

누가 비바람에 힘없이 쓰러지는 것들을 위해
기꺼이 낯가리지 않고 작은 어깨 내주는가

모난 돌

모난 돌이라 욕하지 마라

둥근 네가
온 세상 굴러다니며
세상 잡것들과 몸 섞으며
온갖 저지레를 다하는 동안

모가 나서
어느 쪽으로도 구를 수 없는 나는
해와 달, 저 철새들이 길을 잃지 않도록
여기 이 강 언덕에 붙박이로 살았노라

때론 모난 돌이
떠돌이들의 이정표임을 잊지 마라

다시 강변에서

달빛의 무게도
감당하기 힘들어
돌아보니
안개 자욱하다
세월의 강

겨울 강에
발 담그고 있는
마른 갈대처럼
종일 시린 발목으로 서서
막막한 그리움
칼바람에 실어 보내며
꽃피는 봄날 기다린다.
사랑아, 내 사랑아

강에 잠긴 사람들, 사람에 잠긴 풍경들

*

중학교 1학년 4월 어느 토요일, 3월말고사 성적표를 받았다. 그때는 매달 월말고사를 쳤다. 영어 점수가 반에서 꼴찌에 가까웠다. 나는 중학교에 들어가고 나서야 알파벳 쓰는 법을 배웠다. 3월 한 달 동안 인쇄체 필기체 꼬부랑 글자를 익힌다고 무척 힘이 들었다. 그날 버스를 타고 집으로 가는 길에 평소 내리는 곳보다 세 정류장 앞에서 하차했다. 그 지점에서 내리면 동전 몇 개를 아낄 수 있었다. 그 돈으로 국화빵을 샀다. 강둑을 따라 걸으며 풀빵을 먹었다. 별로 맛이 없었다. 영어 점수 때문이었다. 한참을 걷다가 방천 경사면 풀밭에 털썩 주저앉았다. 오후의 햇살을 받아 강물이 유난히 반짝였다. 강에게 물었다. "학교 때려치우고 염소나 키우며 살까?" 염소를 풀밭에 풀어놓고 멱을 감거나 조개를 주우며 놀던 강, 된장을 조금 넣은 얇은 유리 어항(사발모찌)을 물에 담가두고 한참 놀다 오면 물고기를 가득 채워주던 그 강이 그날은 몹시 싸늘하게 느껴졌다. 그날 이후로 강을 찾는 일이 드물었다. 성실하게 학교에 다니며 비교적 열심히 공부했다. 영문과를 나와 영어를 밥벌이 수단으로 삼게 되었다. 나는 지금도 강이 나더러 영어를 전공하게 했다고 믿는다. 영어 때문에 속이 상해 그날 강에게 물어본 게 잘못이었다.

*

아버지는 경제력 없이 자존심만 강한 사람이었다, 몰락한 양반의 특징을 고스란히 간직했던 분이다. 할아버지는 면암 최익현 선생의 애제자로 명망 있는 항일 척사 유생이었다. 그런 할아버지의 아들답게 아버지는 불의를 보고는 가만히 못 있는 대쪽 같은 성격의 소유자였다. 평생 세상과 불화하는 낭인으로 사셨다. 그렇다고 전적으로 무위도식하지도 않았다. 나름대로 열심히 일을 하셨다. 도포자

락 날리며 종친회는 빠짐없이 나가셨다. 멀리 경기도에 있는 윗대 조상 묘소까지 묘사를 지내러 가시곤 했다. 어머니 역시 척사 유생의 딸이었다. 할아버지가 살아 계실 때는 하루도 빠짐없이 전국 각지에서 찾아오는 유생들 때문에 제대로 앉아서 저녁을 먹어본 적이 없다고 했다. 철저한 항일로 집안은 완전히 몰락했다. 내가 태어날 무렵 어머니는 집과 붙어있는 이백 평 남짓한 밭에 갖가지 채소와 꽃을 재배했다. 그것들을 팔기 위해 어머니는 무거운 다라이를 이고 동네 앞 샛강과 금호강 얕은 지점을 건너 칠성시장이나 서문시장까지 걸어가곤 했다. 등에는 내가 찰거머리처럼 붙어 있었다. 갑자기 불어난 물 때문에 나와 함께 죽을 고비도 여러 번 넘겼다. 양반집 며느리의 자존심과 아이들에 대한 기대가 그 모든 어려움을 감수하게 했으리라. 맨 위로 아들 둘, 그 아래로 연달아 딸 다섯, 그 아래 또 아들 둘, 총 9남매, 지금 생각해도 끔찍하다. 가지 많은 나무에 바람 잘 날 없었다.

*

나는 착하면서도 자기주장이 강한 악다받은 막

내였다. 초등학교 입학 전의 내 이름은 명현明鉉이었다. 초등학교에 입학하던 해에 나만 빼고 동네 동갑내기들은 다 취학 통지서가 나왔다. 나와 17살 차이가 나는 큰 누나가 동사무소에 가보니 내가 5살로 되어 있었다. 아버지는 몇 해 동안 잊고 있다가 문득 생각날 때 출생 신고를 한 모양이다. 누나가 동생 학교 보낼 수 있는 방법을 가르쳐 줄 때까지 거기 앉아 있겠다고 하자, 사무장급에 해당되는 직원이 편법을 가르쳐 주었다. 원적지에 가서 가난한 집에 아이는 많고 먹고 산다고 바쁘다 보니 출생과 사망신고를 제 때 못했다고 말하라 했다. 명현이라는 아이는 몇 해 전에 죽었는데 사망신고를 못했고, 그 아이 형이 있는데 제때 출생 신고를 못했다며 선처를 부탁한다고 사정하라 했다. 집으로 돌아와 들은 대로 이야기를 하니 아버지는 누나더러 알아서 하라고 했다. 이름은 뭘로 할까를 물었는데 그것도 누나가 알아서 하라고 했다. 누나는 원적지 사무소로 가면서 동생 이름을 생각해 보았다. 현鉉 자는 항렬자라 그대로 두면 되는데 앞에 한 글자가 떠오르지 않았다. 고심 끝에 막내지만 항상 일등하고 맨 앞에 서는 사람이 되라고 일현一

鈜이란 이름으로 출생신고를 했다. 누나가 아는 한자가 아마도 한 일— 자 밖에 없어 그렇게 짓지 않았을까 싶기도 하다. 나는 막내지만 부모님을 모시고 살았다. 누나는 내 이름을 그렇게 지었기 때문에 내가 맏이 노릇을 한 것 같아 지금까지도 미안하다고 한다. 그 미안하고 고마운 마음 때문에 아직도 김장을 해 주고, 간장 된장도 담가 준다. 살아 있는 동안은 매년 해 주겠단다. 누나는 여든이 넘었다. 아내는 지금까지 된장 간장 걱정 없이 살고 있다. 남편 이름 덕을 톡톡히 보고 있는 셈이다. 둘째 형님도 부모님 모시게 해서 미안하다며 한두 달에 한 번 꼴로 배낭 속에 반찬이나 먹을 것을 가득 담아 여든이 넘은 노구를 이끌고 부모님도 없는 동생 집에 오신다. 나는 참 복이 많다.

*

부모님의 소망과는 달리 나는 계속 대학시험에 떨어졌다. 고2 때쯤 감염된 것으로 추정되는 결핵 때문에 입시에 거듭 실패하고, 결국 피를 토하고는 요양원으로 갔다. 1980년에 가까스로 회복되어 복학했다. 격동의 세월, 서울의 봄, 그 한가운데 있었

다. 확대비상계엄이 선포되던 날 나는 전국에 지명
수배 되었다. 투옥과 석방, 그리고 학교에서 쫓겨
났다. "저 집 아들 공부 잘한다더니 2차 대학밖에
못 갔고, 결국은 빨갱이 사상에 물들고 말았다네."
그 무렵 동네 사람들이 이렇게 수군거렸으리라. 어
머니가 얼마나 힘들고 고통스러웠을까. 지금도 어
머니 산소에 가면 "그때 힘들고 괴롭다는 말 왜 한
마디도 안 하셨어요?"라고 물어본다.

　나는 정치적 인물이 아니었고 정치가 싫었다. 무
엇보다도 사람이 싫어 두문불출하며 책만 읽었다.
여러 질의 문학전집, 사상전집을 통독했다. 아침
먹고 뒷산이나 강가에 나가 자리를 펴고 눕거나 앉
아 종일 책만 읽었다. 점심을 굶는 날이 많았다. 책
을 읽다가 지치면 잠을 잤다. 저녁 무렵 집에 가려
고 일어나는데 몸이 굳어 움직일 수 없는 때가 많
았다. 한참 몸을 뒤척여야 일어날 수 있었다. 나는
그때를 '몸이 굳어지는 고독'을 경험한 시기라고
말한다. 저녁을 먹고 나면 홀로 강변을 걷곤 했다.
특히 미루나무를 좋아했다. 미루나무 사이로 보이
는 별들은 언제나 환상적이었다. 그 높다란 나무
꼭대기에 올라가서 별과 달, 새들이 날아가는 모습

을 보고 싶었다. 미루나무를 바라보면 온몸에 푸른 피가 흐르는 것 같았다. 쭉 뻗은 나무를 바라보면 구체적으로 무엇인지는 몰라도 내 꿈도 자라는 것 같았다. 마을 뒷산과 소나무, 솔가지 사이로 흐르는 흰구름, 산속 작은 호수, 가을 들판, 서산에 걸린 노을, 긴 방죽, 모래사장, 미루나무는 내 쓸쓸하고 가난한 영혼의 안식처였다.

*

우여곡절 끝에 대학을 졸업했다. 정보당국의 방침에 따라 대구에서는 직장을 가질 수 없었다. 포항제철고에서 교편을 잡았다. 똑똑한 학생들을 가르치는 일이 즐겁고 보람 있었다. 혼자 자취를 하며 책에 탐닉하고 피 끓는 문청들과 시와 소설, 사회과학 서적을 읽고 토론하며 무크지를 내기도 했다. '삶과 문화'라는 소책자 때문에 엄청난 고통을 받았다. 그 책으로 인한 모든 고통을 남모르게 혼자 감당했다. 30년도 더 지난 후에야 그때 겪었던 이야기를 한 적이 있는데, 그 당시 함께 했던 사람들이 많이 놀랐다. 1987년 '6.29 민주화 선언'을 전후하여 '포항민주화운동연합'의 요청으로 시국선

언문을 열심히 썼다. 교육민주화 운동에도 앞장설 수밖에 없었고, 그 일로 학교에서 쫓겨나 아무 대책도 없이 대구로 올라왔다. 학교를 떠나던 날 학생들이 촛불을 들고 버스정류장까지 배웅해 주었다. 그 촛불은 아직도 내 가슴 속에서 불타고 있다. 중년의 나이에 이른 그때 아이들이 지금도 찾아온다.

내가 영어 교사를 할 줄 몰랐듯이 학원가에 발을 들여놓는 것도 생각해 본 적이 없었다. 삶이란 뜻대로 되는 것이 별로 없다. 어디를 가나 살아남아야 했다. 몇 년 후 나는 새로운 환경에 적응했다. 마음에 여유가 생기자 정체성 문제로 고민하는 날이 많았다. 1991년 '낙동강 페놀 오염 사건'이 발생했다. 어느 날 강을 찾았다. 죽은 강이었다. 그날 돌아와 단숨에 240행에 달하는 장시 '흐르지 않는 강'을 썼다. 그날 이후로 수업을 마치면 밤늦도록 강변에 앉아 강을 바라보고, 집에 돌아와서는 '낙동강' 연작을 써 나갔다. 첫 시집 『낙동강』을 내고 나서 세상과 삶에 대한 고통을 일과 책읽기로 잊으려 했다. 나는 스스로를 '육체의 한계까지 일하는 자학적 하등 동물' 이라고 불렀다. 시간이 날 때마다 낙동강의 발원지 '황지'에서 출발하여 금호강을 비롯한 크고 작은 지류들을 찾아다니며 사람들의 이야기에 귀 기울였다. 한 많은 여인들의 곡절 많은 사연들이 특히 내 마음을 사로잡았다. 내 시에 어머니와 여인들의 이야기가 많은 이유이다.

   *

  세상이 달라졌다. 베를린 장벽이 무너지고 소련 연방이 해체되었다. 우리도 세계에 자랑할 만한 절차적 민주주의를 쟁취했다. 그러나 나는 현실 정치에서 한 발 물러나 있었다. "내 평생 좌충우돌 비틀거리며 살아 자랑할 만한 일이 별로 없다. 그러나 학교에서 나온 이래로 정치권에 기웃거리지 않고 생업에 열중한 것은 정말 자랑할 만하다." 내가 농담처럼 자주 하는 말인데, 사실은 농담이 아니고 진심이다. 어느 국회의원이 "선생님 같은 사람이 정치를 해야 합니다."라고 말했을 때, 나는 "당신처럼 서울대 정도는 다니다가 제적과 복학을 되풀이해야 경력이 됩니다. 나처럼 지방대학에서 잠시 학생 운동을 한 사람은 일회용 대일밴드로 소모되고 버려집니다. 지역 야당에서 갖가지 허드렛일을 하며 시국선언문이나 열심히 썼겠지요. 당선될

가망이 없으면 나에게 출마를 권할 것이고, 당선 가능성이 있다면 중앙당에서 낙하산으로 다른 사람 내려 보내 나를 팽시킬 것이란 정도는 압니다. 내 분수는 내가 알아요."라고 답했다. 그렇다고 현실 정치에 완전히 눈 감고 귀 막고 입 다문 채 살지는 않았다. 세상 돌아가는 모습을 눈여겨보면서 소리 없는 아우성이라 할지라도 글로 내 생각과 견해를 밝히며 살아왔다.

이 땅의 보수나 진보 모두가 현실을 바라보는 눈이 편협하다. 진실하지도 않다. 그들 눈엔 민족과 국가, 고통받는 이웃은 없다. 이해관계에 따른 이합집산이 참으로 가관이다. 내편은 무조건 선하고 반대편은 악하다. 우리 편 외에는 모두가 적폐고 척결 대상이다. 지금 이 땅에는 분노와 적개심, 증오의 칼날에 의한 편 가르기로 이익을 얻고자 하는 사람들의 목소리만 높다. 정치란 진흙탕에서 연꽃을 피워내는 종합예술이다. 선악 프레임에 갇혀 있는 개인이나 집단은 연꽃을 피울 수가 없다. 보수는 부패와 타락으로 망하고, 진보는 세상 물정 모르는 독선과 아집, 근거 없는 오만으로 망한다. 진보나 보수 모두에게 전체와 부분을 제대로 바라볼

수 있는 균형 잡힌 시각과 평형감각이 결여되어 있
다. 권력의 속성은 어느 쪽에나 마찬가지로 작용한
다. 진보도 완장을 채워주면 보수 못지않게 타락하
고 추악해진다. 문학판도 정치판보다 덜하지 않다.
정권에 따른 눈치 보기와 줄 서기를 관심 있게 지
켜보라.

　진보든 보수든 주기적으로 남한강과 북한강이
합쳐지는 양평 두물머리에 나가 보라. 어디에 살
든 작은 지류와 지류, 큰 지류와 본류가 합쳐지는
곳에 나가 해돋이와 낙조에 물드는 풍경에 오래 잠
겨 있어 보라. 그리고 주기적으로 동해와 남해, 서
해로 나가 멀리 수평선을 바라보라. 대구 경북 사
람들도 금호강과 낙동강이 합쳐지는 강정고령보나
달성습지, 또는 본류와 지류가 합쳐지는 여러 다른
곳으로 자주 나가 보아야 한다.

　*

　다시 강변에 서서 주변을 둘러본다. '4대강 사
업'으로 낙동강이 완전히 달라졌다. 황톳길 긴 방
죽과 모래사장, 갈대밭과 미루나무, 많은 늪지대가
사라졌다. 상주, 구미칠곡, 강정고령, 달성, 합천창

녕 등의 보를 따라 내려가 보라. 옛날의 강 풍경은
사라지고 없다. 낙동강 보 철거 문제를 두고 찬반
양론이 팽팽하다. 어느 쪽의 주장도 일리가 있다.
정권에 따라 무조건 보를 유지하거나 대책 없이 파
괴하는 일은 없어야 한다. 강을 여러 번 죽여서는
안 된다. 정권과 이념을 초월하여 생산적인 대안이
나와야 한다. 어떤 경우든 강이 흐르게 해야 한다.
너무 오래 고여 있으면 썩기 때문이다. 강만이 흘
러야 하는 것은 아니다. 우리의 생각과 의식도 고
여 있거나 닫혀 있어서는 안 된다. 강이 앓는 이유
는 인간의 생각이 병들었기 때문이다.

*

　강은 우리의 삶이 편안하고 행복할 땐 별다른 감
흥을 주지 않는다. 외롭고 괴로울 때, 실의와 불운
으로 앞이 보이지 않을 때 다가가 내 속을 열면, 강
은 언제나 자신의 속살로 우리를 품어 준다. 나는
강과 함께 살다가 강물과 함께 흘러간 사람들의 삶
을 늘 경이로운 마음으로 바라본다. 그들의 삶에
가득했던 순박한 정서와 정직한 노동, 가족과 이웃
을 위한 헌신과 희생, 타인을 향한 연민과 배려 같

은 덕목들은 지금 이 순간에도 여전히 소중하고 필요하다. 강이 들려주는 아름답고 슬픈 이야기와 강이 내는 무거운 신음 소리에 우리가 진지하게 귀기울여야 하는 이유가 바로 여기에 있다.

2019년 9월 5일 초판 1쇄

지은이 | 윤일현
펴낸이 | 강현국
펴낸곳 | 도서출판 시와반시

등록 | 2011년 10월 21일 (제25100-2011-000034호)
주소 | 대구광역시 수성구 지산로 14길 8, 101-2408호
대표전화 | 053)654-0027
팩스 | 053)622-0377
E-mail | khguk92@hanmail.net

ISBN 978-89-8345-057-9 03800

*잘못 만들어진 책은 바꾸어 드립니다.